長く続く人生
（ワークブック生活習慣病入門）

Translated to Japanese from the English version of
A Long and Lasting Life

Rhodesia

Ukiyoto Publishing

全世界での出版権はすべて

Ukiyoto Publishing

2024年発行

コンテンツ著作権 © Rhodesia

ISBN 9789367955574

無断転載を禁じます。
本書のいかなる部分も、出版社の事前の許可なく、電子的、機械的、複写、記録、その他いかなる手段によっても、複製、送信、検索システムへの保存を禁じます。

著作者人格権は主張されている。

本書は、出版社の事前の承諾なしに、本書が出版されている形態以外の装丁や表紙で、取引その他の方法で貸与、転売、貸出し、その他の流通を行わないことを条件として販売される。

www.ukiyoto.com

この本を、先日ダイヤモンド・ジュビリーを迎えた私の母と、私の子供たち、リアナとオスログに捧げます。さらに言えば、私はこの本を、長寿を享受したいと願い、そのための知識や方程式を探し続けているすべての人々に捧げたい。誰よりもこの本を全能の神に捧げます。全能の神は、私たちがこの世で過ごす日々の長さを、生まれる前から知っておられる方です。

一生会うことのない友人や患者たちへ。

謝辞

本書の内容のほとんどは、私が最近受けたライフスタイル医学の研修で学んだことに由来している。私は、この知識を広く共有しないのはあまりにも惜しいと思い、慢性疾患の治療と予防としてのライフスタイルを提唱するためにこの本を選んだ。

この点で、フィリピン生活習慣病医科大学の恩師であるメッシェル・アセロ・パルマ博士、エデン・ジュセイ博士、ビッシェ・フェルナン・スタ博士に感謝したい。クルーズ辛抱強く松明からの光を分かち合ってくれて、本当にありがとう。To my colleagues and groupmates during the training, Dr. Patrick Tan, Coach Sidney Ngo, Coach Ragie Ciano, Dr. June Ann De Vera, Dr. Keno Davales, Dr. Kim Cobarrubias, Dr. Ma.オリビア・オガレスコ、ナスターシャ・レイエス博士、ミニー・ローズ・エストルケ博士、そして他のチームの皆さん、あなたの見識を分かち合い、私たちの学習の軌跡をより良いものにしてくれてありがとう。

また、この本を世に送り出すために尽力してくれた浮世絵出版と、本作りの過程で辛抱強く指導してくれた恩師エレイン・ファクターさんを通してのScribbloryにも感謝したい。ドリームブック・プロジェクトで出会った友人たち、ネイズ、アンジー、ドク・アビー、スウェタ、リディマ、ジアも同様に、私たちの学習セッションで彼らの洞察を分かち合ってくれた。

メドゲート・フィリピンの医局員、チームリーダー、メディカル・アシスタントに至るまで、メドゲート・フィリピン・ファミリーは、私の趣味と情熱のすべてを育み、支えてくれた私の新しい家族です。友人、指導者、同僚、そして家族、ありがとう。長く、長続きし、幸せで、豊かな人生に恵まれますように！

序文

本書は、病気の予防と治療法としてのライフスタイルを紹介し、その過程で、読者が予防可能な早期死亡や生活習慣病による苦しみを避けるのを助けることを目的としている。これらの生活習慣病には、冠動脈疾患、脳卒中、2型糖尿病、がんなどが含まれ、現代社会を悩ませている。このような病気や出来事が現代の環境ではいかにありふれたものであっても、世界には沖縄、パプアニューギニア、中国の農村部、中央アフリカ、メキシコ北部のタラフマラ・インディアンなど、冠動脈疾患や脳血管疾患が珍しい場所がある。

ジャーナリストのダン・ベトナーが行った有名な調査で、彼は90歳を超えて生きる人々が異常に集中している地域を特定した。サルデーニャ島（イタリア）、イカリア島（ギリシャ）、沖縄（日本）、ニコヤ島（コスタリカ）、ロマリンダ（カリフォルニア州）などをブルーゾーンと呼ぶ。サルデーニャでは、狩猟、漁獲、収穫したものを食べ、生涯を通じて友人や家族と親しく付き合う。認知症の発症率が最も低いのはイカリア島で、そこでは運動と地中海食、果物や野菜、ローズマリー、セージ、オレガノなどの抗酸化ハーブティー、リラックスしたライフスタイルが習慣となっている。沖縄では、野菜、豆腐や味噌汁などの大豆、ショウガやウコンなどのハーブをふんだんに使った食事で、辛い経験を過去にとどめ、現在のシンプルな楽しみを味わうという考え方を身につけることができる。カリブ海地域は経済的にも安全で、医療も充実しているが、ニコヤ人は、高齢者を支え、生き甲斐を与えてくれる子供や孫などの大家族と一緒に暮

らす傾向があり、食事もカボチャ、トウモロコシ、豆類が中心で、夕食は夕方早くに軽く済ませる。最後に、カリフォルニア州ロマリンダのセブンスデー・アドベンチストは、ほとんどがベジタリアンであり、喫煙もアルコール摂取もしない。シンプルな生活様式と文化を持つこれらの人々は、何世紀にもわたって、ライフスタイルが健康と長寿を育む上でいかに効果的であるかを証明してきた。

本書で紹介されている教訓はむしろ初歩的なもので、目新しい化学薬品や手順を取ったりやったりするものではなく、いくつかの *縦断的研究*（結果を見るために何十年もかけて丹念に追跡調査された研究）や *大規模な臨床試験*（文化や人種を超えて効果を証明するために世界中の何千人もの人々を対象とした研究）で探求されたものである。そのため、これらの習慣や生活習慣は、不健康な生活習慣によって引き起こされる病気から身を守ることで、平均寿命を効果的に延ばすことが証明された。事故、感染症、不測の事態など、本書ではカバーしきれない、寿命を縮める個々のリスク要因があることを考慮するのが賢明だろう。

最後に、ライフスタイル医学は、生活習慣病を緩和するのに役立つエビデンスに基づいた実践法を提供する医学の花形分野である。内服薬は一時的な症状のコントロールや応急処置に役立つが、健康的なライフスタイルは持続的で長続きする結果をもたらし、時には高血圧や糖尿病の寛解さえももたらす。本書は、生活習慣病を紹介し、補強し、促進することのみを目的としている。これは、生活習慣病の専門家に実際に相談する代わりになるものではない。慢性疾患の予防と治療、そして長寿のために健康的なライフスタイルを維持するために、生活習慣病の専門医や専門チームに相談されることをお勧めする。

目次

第1章　証拠	1
第2章 － 準備はいいか？	6
第3章　生活習慣病の6つの柱	12
第4章　よく食べる	18
第5章　身体活動	24
第6章　回復睡眠	29
第7章 － 危険物質の回避	35
第8章　ストレス・マネジメント	40
第9章 － ポジティブ心理学	45
第10章　結論	53
参考文献	59
著者について	*62*

第1章 証拠

「古人が得た知識を軽んじる愚かな医者」〜ヒポクラテス

　どちらの人間になりたい？パートナーと静かな朝の公園散歩を生涯続ける65歳か、パートナーに最期まで看取られ続ける65歳の脳卒中患者か。孫の成長を見守りながら、いまだに遊び、語り聞かせる75歳か、心臓発作で亡くなり、娘の大学卒業を支援できなかった50歳か。

　　そのとき、すべてのストーリーの結末は避けられないように思えるが、これらは数十年前に私たちが行った一連の選択の結末にすぎない。野菜と豚バラ肉、どちらを食べる？一日中テレビを見るか、1日20分運動するか。些細なことで衝動的に怒るのか、それとも目を閉じて呼吸を整え、心を落ち着かせるのか。人生の目的があるのか、それとも状況に振り回されるだけなのか。有意義な人間関係を築くか、社会的交流を避けるか。タバコを吸うか吸わないか、酒を飲むか飲まないか、禁止されている薬物を口にするかしないか。格言にあるように、人生は後ろ向きにしか理解できないが、前向きに生きなければならない。

　　ほとんどの生活習慣病は陰湿に襲ってくる。例えば、高血圧はサイレントキラーと呼ばれている。初期には自覚症状がなく、血圧が徐々に上昇するにつれて、動脈などの血管が硬化し、心臓、目、腎臓などのさまざまな臓器に不可逆的な損傷を与え、ある時、脳の血管が圧力を維持できなくなり、爆発する脳卒中または脳梗塞と呼ばれるイベントが起こり、通常は致命的となる。他の生活習慣病と同様、血糖値、コレステロール、血圧、尿酸などは、最初は*上昇*するだけかもしれないが、長期間上昇し続けると、目、腎臓、心臓、肝臓

、脳などのさまざまな臓器に障害を引き起こす可能性がある。このような*末端臓器の損傷*が蓄積すると、*末端臓器不全*（臓器が身体にとって重要な機能を果たせなくなる状態）を引き起こすことがある。腎臓が機能しなくなると、その人は必然的に一生血液透析に頼ることになる。心臓への血液供給が損なわれると、耐え難い胸の痛みが生じる。同様に、尿酸が関節に沈着すると、痛風性関節炎の痛みも苦しい。それ以上に、脳への血液供給が損なわれたときに、脳卒中によって衰弱することのもどかしさである。これらはすべて、最終的に早すぎる死につながる。長く、長続きし、質の高い人生を送れる可能性が手の届くところにあるのに、これが地上での最後の日々を過ごす方法なのだろうか？

とはいえ、私たち自身の健康や長寿のように重要で個人的なことについては、どんな介入も確かな証拠に基づいたものでなければならない。医学には、*prumum, non nocere*（まず害をなすなかれ）という教義があり、介入の追加や削除のたびに、確かで信頼できる知識ベースが必要とされる。したがって、まず質問に答えることが不可欠である：私たちの主張にはどれほどの確信があるのか？それは真実なのか？これらは本当に効果的なのだろうか？それをどうやって証明するのか？根拠は何か？

心筋梗塞と脳卒中に関連する修正可能な危険因子としての生活習慣の証拠は強固である。世界52カ国のデータを分析し、2004年に*Lancet*誌に発表された*Interheart Study*では、喫煙、腹部肥満、心理社会的要因が心臓発作のリスクを高める一方、果物や野菜の日常的な摂取と定期的な運動が心臓発作を予防することがわかった。同様に、2016年に*Lancet*誌に発表された22カ国にまたがる*Interstroke Study*では、高血圧、喫煙、ウエスト・ヒップ比、食事リスクスコア、アルコール摂取量、心理社会的ストレスが*虚血性脳卒中*、つまり脳のある部位に供給している血管の閉塞による脳梗塞の危険因子であることが示された。一方、高血圧、喫煙、ウエス

ト・ヒップ比、食事、アルコール摂取量は、脳内の血管が破裂する致命的な脳卒中である*出血性脳卒中*の有意な危険因子であった。

　　それどころか、健康的なライフスタイルは冠動脈性心臓病を*逆転*させることができるのだろうか？これは気の遠くなるような主張かもしれないが、1998年にランセット誌に発表された*ライフスタイル・ハート・トライアル*では、コレステロール*を下げる薬*がなくても、低脂肪菜食、禁煙、ストレス管理トレーニング、適度な運動を行った人の心臓の血管の閉塞が有意に減少したことが示されている。心臓に栄養を供給する血管の閉塞を解消する、あるいは開通させるというこのエンドポイントは、かつては血管形成術や冠動脈バイパス移植術でしか達成できないと考えられていた。さらに、1999年に*Circulation* 誌に発表された*リヨン・ダイエット・ハート・スタディー*に見られるように、心臓発作を起こした後でも、地中海食が次の心臓発作のリスクを減らすという研究結果もある。

　　1945年、戦時中のアメリカ大統領フランクリン・D・ルーズベルトが出血性脳卒中と高血圧性心臓病で死去した後、高血圧、心臓病、脳卒中の原因と可能な治療法を研究し、特定するために資金と努力が投入された。**それ以前は、高血圧や心臓病による早世は避けられないものと受け止められていた。**1948年から1952年にかけて、約5000人の被験者が、その後数十年にわたって続けられた研究に参加した。フラミンガム*心臓*研究は、高血圧、心臓発作、脳卒中の危険因子があることを最終的に明らかにした。、*これらの危険因子のいくつかは、これらの致命的な病気を予防するために修正したり回避したりすることができる。*その結果、喫煙、肥満、運動不足が冠動脈疾患、高血圧、糖尿病、高コレステロールと関連していることがわかった。高血圧と不整脈は脳卒中のリスクに関連している。*高血圧の治療、コレステロール*

の減少、禁煙、健康的なライフスタイルのキャンペーンにより、心血管イベントによる死亡は50年間で減少した。

　　フラミンガム心臓研究の補足として、Health Professionals Follow-up Studyでは、喫煙がないこと、肥満度が25以下であること、1日30分の身体活動があること、適度なアルコール摂取があることで、心血管疾患のリスクが87%低下することが示された。さらにMRFIT (Multiple Risk Factor Intervention Trial)では、危険因子の少ない人は寿命が6〜10年長く、心血管疾患のリスクが低く、死亡リスクが40〜80%低いことが示された。同様に、*シカゴ心臓協会の検出プロジェクトでは、中年期に危険因子が少なければ、高齢期の生活の質が向上し、病気や障害による費用が少なくて済むことが示された。*

数十年にわたるもうひとつのプロスペクティブ試験は、2005年に結果を発表した*看護師健康調査 (Nurses' Health Study)*であり、健康的なライフスタイルを採用することで、がん患者の50%以上が実際に予防できることを示した。その結果、アルコール摂取は他の危険因子とは無関係に乳癌のリスク上昇に関係するのに対し、身体活動は特に閉経後の女性において乳癌リスクを低下させることが示された。禁煙、より体を動かすこと、健康的な体重を維持すること、果物や野菜、全粒穀物、食物繊維が豊富で飽和脂肪酸やトランス脂肪酸の少ない食事を摂ること、マルチビタミンを毎日摂取すること、閉経後ホルモン療法の長期使用を避けることなどが推奨されている。実際、早死にの80%は、タバコ、食生活の乱れ、運動不足の3つの要因によって引き起こされている。

　　ここで挙げた研究は、孤立した研究、証言、小規模な研究ではないことに注意する必要がある。このような研究には多数の人々が参加するため、結果や結論は一般集団に当てはまる可能性のあるものを反映することができる。これらの研究のほとんどはコホート研究であり、因果関係、つまり考慮された要因と考えられる影響との間の直接的な関連を立証

するために、対象者または研究に参加した人々を数年後に追跡調査することを意味する。また、これらの研究は評判の高い学術誌に掲載されている。つまり、掲載前に編集委員会や他の専門家の査読や精査を受けている。結果や方法は単純でも、結論が確立されるまでには数年にわたる骨の折れる調査が必要だった。

　　2014年にAmerican Journal of Clinical Nutrition誌に発表された*Adventist Health Study*は、長期間追跡した大規模コホート研究である。ベジタリアン食は、体格指数（BMI）が低く、糖尿病、メタボリックシンドローム、高血圧、がんになる確率が低いことが示された。2002年にDiabetes Care誌に発表された*Diabetes Prevention Program*もまた、27施設で行われた大規模ランダム化臨床試験であり、健康的な生活習慣またはメトホルミンという薬物によって、耐糖能異常患者における糖尿病の発症を予防または遅らせることができるかどうかを検討したものである。その結果、メトホルミンが糖尿病の発症を31％しか減少させなかったのに比べ、生活習慣への介入は糖尿病の発症を58％減少させることがわかった。

このように、高血圧、糖尿病、脳卒中、冠動脈疾患、がんなどの生活習慣病の予防と緩和には、健康的なライフスタイルが有効であることを示す証拠が圧倒的に多い。あなたが読んでいる間にも、知識ベースとエビデンスを検証するための研究が綿密に続けられている。その確かな証明により、生活習慣病はすでに、慢性疾患の管理に関する医療ガイドラインの第一選択として、また補助的な治療法や予防法として取り入れられている。健康的なライフスタイルを維持することは、実にシンプルで初歩的なことだが、私たちの人生をさらに長くすることは疑いようもなく証明されている。

第2章 – 準備はいいか？

「病人がどんな病気にかかっているかよりも、病人がどんな病気にかかっているかを知ることの方がはるかに重要である」〜ヒポクラテス

健康的なライフスタイルの利点は、習慣を変えることから始まり、それを継続することで、健康と長寿に良い影響を与える。それは禁煙であったり、毎日の食事に野菜を多く取り入れたり、1日7時間の睡眠をとったり、1日20〜30分の適度な運動をすることであったりする。習慣の生き物である私たち人間にとって、変化は簡単なことではないかもしれない。

あまりに早く、人々は絶望的だとか、変わることができないといったレッテルを貼られることが多いが、本当はまだ変わる準備ができていない段階なのだ。ライフスタイル医学では、*Transstheoretical Model*に従って、その人の変化への準備に従う。変化段階モデル（Stages of Change Model）とも呼ばれるこのモデルは、1970年代後半にプロチャスカとディクレメンテが、準備が整えば自力で禁煙できる喫煙者を研究する中で開発したものである。このモデルは、行動変容を、ある瞬間に個人が決定的に行うものではなく、段階を経ていくものであると解明している。段階には、前熟考、熟考、準備、行動、維持、再発、終了がある。

*前熟考*の段階では、心はまだ変化の可能性に心を開いていない。その人は行動の利点や不作為の危険性に気づいていない可能性があり、よくある対話は、*できない、しない、拒否する、変わる必要はないと思う、それについて話したくない、*である。1日10本のタバコを15年間吸い続けている

35歳のジョージについて考えてみよう。彼はこう言うかもしれない。「、*体調はいいし、絶好調だから禁煙する必要はないと思う。煙草を吸っている姿は男らしくていい。*ここでのゴールは、変化の可能性、そのメリット、変化を採用する能力を徐々に意識に導入することによって、その人の意識を高めることである。例えば、"ジョージ、喫煙は血液の供給を妨げ、血管を損傷するため、インポテンツの原因になることを知っていますか?"と、喫煙の影響を示すかもしれない。肺気腫で息ができない人、すでに肺がんや口腔がんを患っている人、バージャー病で四肢がすでに黒くなっている人なども、ビデオで見せることができる。そして、喫煙の有害な影響と、禁煙によってその影響を逆転させる可能性について教育することで、それらを回避し、苦しみの可能性を減らし、寿命を延ばすことができることを示すことができる。

*熟考段階*と呼ばれる次の段階では、その人の心はすでに変化することに心を開いているが、どうすればいいのかわからない、あるいは行動する決意ができていない。彼は自分の行動が問題であることを自覚しており、変わる必要があることを認めている。一般的な対話は、*I may.* もう一度ジョージの話を聞こう」ああ、なるほど。ああ、それに僕の彼女も僕がタバコを吸うと臭いと思っているみたいで、将来の子供に影響が出るかもしれないと心配しているんだ。でもね、バンド仲間はみんなタバコを吸うし、僕がタバコを吸わなくなったらカッコ悪く見えるだろう。*彼らがいないときは、喫煙を制限しようとするんだけど、どうしても吸いたくなるんだ*」。この段階では、変化することの難しさを感じている本人の気持ちを確認することを目指すが、本人は変化することのメリットがリスクを上回ることに気づくだろう。

第3段階は*準備段階*であり、行動変容に向けたベイビーステップをすでに踏み出し、今後30日以内に行動するつもりである。この段階では、その人はすでに、行動を変えることが良い結果につながることを理解し、それを実行する能力

を持っている。ここでの会話は、「私はできる」、「私はするつもりだ」、そして やりたいこと…この段階では、その人が行動計画を作成できるよう支援する必要があります。結婚を控えて禁煙を考えていることをバンド仲間に軽く話したところ、ジョージはバンド仲間が応援してくれることを知った。喫煙の危険性について生活習慣病の医師が言っていたことを話すと、彼らも禁煙を望んでいるようだった。彼は婚約者を説明責任パートナーとして助けを求め、自分の決断を助けてくれるサイトや禁煙グループ、禁煙ラインも見つけた。ニコチンへの欲求に対処するための処方箋も渡された。愛する人たちや地域社会の支えもあり、彼は「*喫煙は過去のものになる*」と自分に言い聞かせた。

第4段階または*行動*段階では、その人はすでに6ヶ月間その習慣を実行している。目標は、肯定的な行動に報酬を与え、勝利を祝い、否定的な行動を思い出させる刺激を最小限に抑え、行動変容を支える健全な人間関係を特定することによって、行動変容を6ヶ月以上継続することである。ジョージが禁煙を始めてからの半年は、決して楽なものではなかった。タバコが彼のマチズモと同一視されていると感じたこともあったが、ガールフレンドはそんなことはないと何度も断言した。ライブ中、他のバンドのメンバーがタバコを吸っていたとき、唾液がよだれを垂らし、1本だけ吸おうかと思ったが、バンド仲間から結婚を控えていることを思い出し、決心したという。彼はガールフレンドと毎月禁煙を祝い、灰皿やライターなど喫煙を連想させるものはすべて家から撤去した。

*維持期*とも呼ばれる第5段階では、少なくとも6ヶ月間、行動変容を持続している。ここでの対話は、*I still am*、あるいは、*I am still doing*、あるいは、*I continue to...*である。ここでの課題は、飽きと、徐々に不健康な習慣に陥る危険性であり、*relapseと呼ぶ出来事*である。従って、行動変容に努めている人が過去6ヶ月間成功し続けていたとし

ても、私たちはその人を継続的にサポートすべきである。ここでの目標は、ポジティブな行動を継続的に行い、ネガティブな行動への再発を防ぐことである。ジョージは結婚式のとき、すでに6カ月間禁煙していた。彼の妻は、彼の変化と、それが家庭と将来の子供たちにもたらす安全性に本当に感謝している。たとえ彼がかなり長い間、行動の変化を持続していたとしても、彼の妻やバンド仲間（彼らの新郎新婦でもある）は、彼が見習うべきロールモデルになったとして、彼の禁煙を支持し続けた。

　最終段階（*終了*）とは、健康的な習慣や肯定的な習慣を十分に身につけ、もはや以前の不健康な習慣を思い出したり、再びそのような誘惑に駆られることを恐れたりしなくなったときである。ジョージは今や父親であり、家にタバコを持ち込んで小さな天使のか弱い肺を傷つけることなど想像すらできなかった。タバコを吸うことさえ、彼には嫌だった。その時点で、彼はただ妻と一緒に年を取り、小さな天使が成長し、学校に行き、友人を持ち、働き、成功し、情熱を追求し、自分の家族を持つのを見届けたかった。彼はそのすべてを通して彼女に寄り添い、彼女とともにバージンロードを行進する父親になりたかったのだ。

　習慣を身につけるには21日、生活習慣を身につけるには21カ月かかる。人はまた、それが自分の価値観に合っているから、価値があると思うから、できると思うから、重要だと思うから、準備が整っているから、主導権を握るべきだから、明確な計画があるから、社会的な支援があるから、変化を採用するのである。従って、行動変容の前、行動変容の最中、そして行動変容の後にも、その人が以前の状態に戻る誘惑に駆られないように、変容のための時間、適切な情報と教育、十分な社会的・医学的サポートを与えるべきである。

　ライフスタイルの目標を立てる際には、SMART：*具体的、測定可能、達成可能、関連性があり、期限付き*であることを忘れないこと。漠然とした目標や期限のない高すぎる目

標は、失敗や挫折につながる可能性があるため、設定しないこと。そうではなく、行動変容の形で目標を立てること、つまり、特定の期間、自分に約束した行動を継続的に行うことで、健康で長生きする、あるいはゴージャスな体格を手に入れるというビジョンを達成するのに役立つような目標を立てることである。例えば、*今週は毎日野菜を3皿食べるとか、今週は1日7時間睡眠をとるとか*、これから5日間、1日30分早足で歩くとか。また、各目標に対する自信の度合いと重要度を1から10の尺度で評価することも助けになる。10は最も自信があり、最も重要、1は最も自信がなく、最も重要でない。

簡単な練習をしよう。次の表を埋めてください。まず、自分の生活やライフスタイルの中で、変えたいと思う3つの側面を特定する。そして、自分が今、超理論モデルのどの段階にいるのかを確認する。その後、自信のレベルと、あなたにとっての重要度を確認する。最後に、SMARTなライフスタイルの目標を立てる。

ライフスタイルの変化	ステージ	信頼度	重要度
1.			
2.			
3.			

私のSMARTゴールは

1. _____

2. _____

3. _____

健康的なライフスタイルの変化への第一歩、おめでとう！私たちの目標は、これらの習慣を6ヵ月間持続させ、その後21ヵ月間継続し、ライフスタイルとして定着させることである。私たちの選択は、私たちの行動と粘り強さと同様に、今日から始まる。未来の自分たちは、私たちが今決めたこの健康的なライフスタイルの転換に感謝するだろう。

第3章 生活習慣病の6つの柱

「最も偉大な医学は、それを必要としない方法を人々に教えることである」--ヒポクラテス

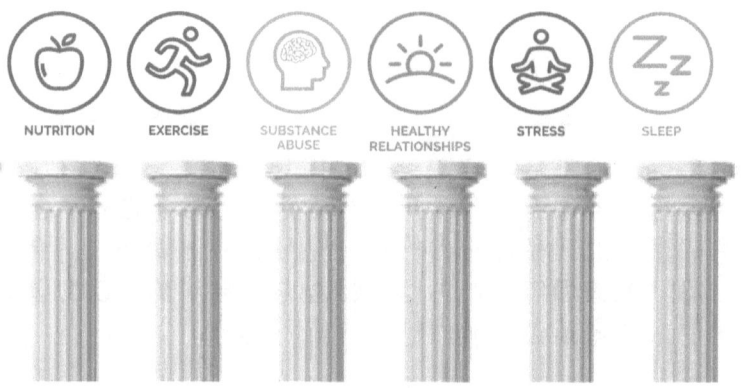

https://www.midlandhealth.org/Uploads/Public/Images/Slideshows/Banners/6%20Pillars%20-%20LMC.jpg

年にアレクサンダー・フレミングがペニシリンを発見したとき、錠剤の抗生物質を飲むだけで感染症が治療できるという、当時としては奇跡的な世界が開かれた。それ以前は、たとえ小さな感染傷であっても、多くの人、特に免疫力の弱い人が悪化し、早死にする可能性があった。今日では、肺（肺炎）、皮膚、尿路の感染症でさえ、ペニシリンの誘導体で簡単に治療できる。

　　　数十年後、感染症は人類にとってそれほど深刻な脅威ではなくなっている。公衆衛生の脅威は、感染症から非感染

症へと移行している。伝染性疾患は微生物によって急性や突発的に引き起こされ、人から人へ感染するのに対し、非伝染性疾患は不健康な生活習慣によって引き起こされる慢性的あるいは長期的なもので、通常は人に感染することはない。高血圧（血圧の持続的な上昇）、糖尿病（血糖値の慢性的な上昇）、冠動脈疾患（心臓に供給する血管の狭窄または閉塞）、脳卒中（脳に供給する血管の閉塞または脳の血管の破裂）などがある。しかし、抗生物質の錠剤の魔力は人類の文化に根ざしており、非伝染性疾患の現代にさえも求められている。血中コレステロールや糖分を下げる薬は、確かに血管や他の臓器へのダメージのリスクを減らすのに役立つが、根本的な原因である不健康な生活習慣をターゲットにしているわけではない。

　　例えて言うなら、腕に軟部組織の腫瘤ができた場合、いくら薬を使ってもそれを取り除くことはできない。同じように、脚を骨折した場合、ギブスをして骨が癒合するのを待つか、スクリューで骨を固定するしかない。同様に、現在の問題の根源が不健康な生活習慣にあるのなら、その生活習慣を正すことが答えであり、不健康な生活習慣の影響を調整する薬を摂取するだけではない。本当の解決策は蛇口を止めることなのに、シンクから水が溢れるたびに床をモップで拭き続けるようなものだ。

　　残念ながら、私たちは何十年もの間、こうして生活習慣病を管理してきた。経口薬や、バイパス術や血管形成術のような侵襲的な処置は、生活習慣病の管理に浸透しているが、病気の原因となっている行動を改めることがまず重要視されていない。例えば、コレステロール値を低下させる薬を服用しているにもかかわらず、高脂肪、高コレステロール、ファーストフードなどの高カロリー摂取を続けている患者は、本当の問題は生活習慣にあるにもかかわらず、薬の失敗と錯覚して薬の量を増やさなければならないかもしれない。血圧をコントロールしたいと思い、降圧剤を毎日欠かさず飲んで

いるにもかかわらず、タバコを吸ったり、塩辛いポテトチップスやソーダを食べたり、野菜や果物を食べたり、適度な運動をしたり、喫煙を控えたりする代わりにネットフリックスを見たりしている人もいる。最後に、経口血糖降下薬を服用していても、毎晩の睡眠不足、高脂肪、炭酸飲料などの単純糖質を中心とした高カロリーの食事、運動不足といったストレスの多いライフスタイルを続けている糖尿病患者は、血糖値をコントロールするために、最終的にはインスリンの補充が必要になるかもしれない。

現代における人間の健康と長寿の脅威は、そのほとんどが生活習慣に起因するものであり、薬物療法だけでなく、行動変容と健康的な生活習慣への転換が、生活習慣病（LRD）の予防、治療、緩和につながるという認識から、生活習慣医学という専門分野が誕生した。心血管疾患、メタボリックシンドローム、2型糖尿病、がんなどを含むこれらの病気は、現在、社会に大きく貢献できたはずの健康で生産的な個人の早すぎる死亡の主な原因となっている。

1989年、Lifestyle Medicineは初めてシンポジウムのタイトルとして使われ、1990年には論文として発表され、1999年にはジェームズ・リッペ博士が"Lifestyle Medicine"と題する画期的な教科書を出版した。この専門分野のコアコンピテンシーは、2010年にリアナ・ラノフとマーク・ジョンソンによってJournal of American Medical Association誌に発表され、トレーニングプログラムと科学と専門分野の永続化に拍車をかけた。同誌で定義されているように、「生活習慣病とは、個人とその家族が、健康と生活の質を向上させる行動を取り、それを維持できるように支援する、エビデンスに基づいた診療のことである」。さらに、米国生活習慣病学会は、生活習慣病を「病気の治療と管理における生活習慣への介入」と定義している。

病院での私の業務や回診では、病気の患者を入院させ、監視し、薬を与え、危険がなくなれば退院させる。だから

、たとえば肺炎の患者は、熱がなくなり、咳がほとんど出なくなり、感染症が治まり、自宅で内服薬を続けられるようになったら退院となる。一方、脳卒中や心臓発作を起こしたばかりの患者は、死亡したり障害が悪化したりする危険性がすでに去り、十分な管理がなされた時点で退院させられるかもしれない。また、自宅で維持療法を続けることもできるし、外来で理学療法や心臓リハビリテーションを受けることもできる。私たちは患者さんが病気から解放されたことを確認しているが、医師として、患者さんが健康を取り戻すために本当にできることは何だろうか？世界保健機関（WHO）の定義によれば、*健康とは単に病気や不調がないことではなく*、、身体的、精神的、社会的に完全に良好な状態である。何十年も医療に携わってきた中で、知識のギャップを感じていた。私たちは患者を十分に助けているだろうか？

　　　可能な限り最高水準の健康を達成することが、医療界、特にWHOの目標である。あらゆる治療法がその達成に貢献する一方で、生活習慣病医学はこの目的を達成するのに有効であることが証明されている--健康の維持、生活習慣病の治療と予防において。さらに言えば、長寿に貢献することがいくつかの研究で示されており、現代社会やライフスタイルに大いに必要とされていることは明らかである。

　　　なぜだろう？食物の豊富さと入手のしやすさ、座り仕事とデスクワークの増加、活動的なライフスタイルの需要の減少、ストレスの多い、要求の多い、競争の激しい文化は別として、人間の生理学的反応は人間の適応に深く根ざしている。人類の歴史をたどると、欠乏と危険の時代から、人間の身体は食物を体内に蓄え、ストレス反応を引き起こすメカニズムを進化させてきた。食料が乏しいときでも、グリコーゲンや脂肪の形でエネルギーを蓄え、それを使うことができる。工業化が進み、食料が継続的に豊富に供給されるようになった後も、現代人は余分なエネルギーを脂肪として蓄積している。その結果、血管や臓器が浸水し、時間とともにダメー

ジを受け、早期に変性する。加えて、かつては人間の日常活動にエネルギーが非常に必要であり、消費されていたが、作業の機械化によってその必要性は減少した。脂肪として蓄積されたエネルギーが過剰に供給され、それを使うための活動が日常生活で十分に行われないことが、人間自身の病気の原因であり、肥満を中心とするメタボリックシンドロームの蔓延の原因なのである。

この後の章では、生活習慣病の6つの柱をそれぞれさらに深く掘り下げていく。これらの柱は以下の通りである：(1)ホールフード、植物ベースの食事、(2)身体活動の増加、(3)回復のための睡眠、(4)危険な物質の回避、(5)ストレス管理、(6)ポジティブ心理学と健康的な社会関係。これらは、現代のライフスタイルに日常的に取り入れることで、生活習慣病を効果的に予防・管理できることが、広範かつ有効な研究で示されている。錠剤や薬物、化学薬品が薬であるだけでなく、主に食べ物、身体活動、日常生活に取り入れた健康的な行動が薬であることが示されている。**ライフスタイル**そのものが薬なのだ。

この際、6つの柱に従って自分のライフスタイルを見極めてほしい。あなたの強みはどの柱だと思いますか？あなたの弱点は？知識を再確認し補強するために、生活習慣病の6つの柱を以下のスペースに列挙できますか？自分の強さである柱の横に星を、弱さの横に心を置く。

1.

2.

3.

4.

5.

6.

第4章 よく食べる

「食べ物で患者を治すことができるのなら、薬は薬屋の壺にしまっておけ」－ヒポクラテス

人間にとって最も重要な活動のひとつは、食べることである。私たちは、各細胞や臓器が機能するためのエネルギーを供給するために、燃焼する燃料を投入しなければならない。しかし、この主要な機能は進化し、社会的な交流の場を提供したり、特定の食べ物の味だけでも感情的、知的欲求を満たすなど、人間の他の欲求も満たすように拡大してきた。残念なことに、多くの人にとって、摂取した食べ物は、その瞬間に体内で必要とされず、代謝されない割合まで蓄積され、脂肪として蓄積されたり、使われなかったブドウ糖、脂肪酸、コレステロールで血管をあふれさせたりして、生活習慣病につながる連鎖の始まりとなっている。エネルギー源であり、時には薬にもなるはずの食べ物が、現代では病理の原因になっている。

　　　　1966年から1972年にかけて、アフリカから帰国したばかりの外科医が、欧米ではよく見られる心血管疾患や大腸疾患がアフリカでは珍しいと指摘した。小児がんであるバーキットリンパ腫の病因をエプスタイン・バー・ウイルスという特定のウイルスに求める探究心旺盛な医師である彼は、この病気の分布の格差を分析した：この人たちは罹患していないのに、なぜ私たちは罹患しているのか？**心臓発作は起きないのだろうか？**彼は、その答えが西洋人とアフリカ人の食生活の違いにあることを発見し、食物繊維の少ない食生活は、心血管疾患、*肥満*、*虫歯*、様々な*血管疾患*、*癌*、*虫垂炎*、

*憩室症*などの*大腸疾患のリスクを高めるという*、当時としては急進的な仮説を*提唱した。ファイバーマンとして*　知られるデニス・バーキット博士は、生活習慣病の危険因子としての食事の基礎を築いた。

1975年、発明家、エンジニア、栄養士のネイサン・プリティキンはカリフォルニアに長寿センターを開設した。彼は開業医でもなかったが、同じ探究心を持って、第二次世界大戦中、非常にストレスの多い時期に、皮肉にも心臓発作による死亡が減少したことに注目し、その原因を当時の低脂肪、低コレステロールの管理された食糧配給に求めた。彼自身、重度の心臓病を患っており、運動を止め、あらゆるストレスから解放され、午後は昼寝をするようアドバイスされた。しかし、自らの研究と独学を糧に、ベジタリアンの食事と運動プログラムに着手し、コレステロール値が下がり、症状が出なくなったことを主治医に証明した。自らの成功の確信と研究で蓄積した証拠を武器に、栄養、運動、生活習慣の改善教育を柱とする保養所兼宿泊プログラムであるプリティキン・ロングヴィティ・センターを設立し、重度の心臓病を患う3人の患者を1ヵ月間入院させた。プログラム終了後、すべての患者が改善し、胸痛がなくなり、事実上投薬がなくなり、プログラム終了後何年も好きな活動や生活を維持し、生きている。

　　　同様に、1990年、ディーン・オーニッシュ博士は、大規模な研究であるライフスタイル・ハート・トライアルで、生活習慣を*変えるだけ*で心臓病の症状が回復することを示した。つまり、内服薬がなくても、生活習慣の改善によって心臓病の症状が改善されることが示されたのである。一方、コールドウェル・エッセルスティン博士は1999年、*血管造影検査でコレステロール値を下げ、血管の直径を広げるとい*う植物性栄養の有益な効果をさらに示し、可視化した。この治療法は、血管形成術や冠動脈バイパス術に匹敵するものであり、多大な費用とリスクを伴わない。EPIC（European

Prospective Investigation into Cancer and Nutrition：がんと栄養に関する欧州前向き調査）研究によると、禁煙、適度なアルコール摂取、身体活動、毎日少なくとも5皿分の野菜と果物の摂取で、寿命が*14年延びる*ことが示された。

　　　　ライフスタイル医学は、全食品、植物ベースの栄養を提唱している。植物ベースの栄養は、野菜、果物、全粒穀物、豆類、ナッツ類、種子類から95%のカロリーを摂取し、肉、魚、乳製品、卵からは5%しか摂取しない。クロロフィル、植物性栄養素、ビタミンC、鉄分、ビタミンB群を含むアボカド、ブロッコリー、キャベツ、マルンガイなどの緑黄色野菜や果物は、腸を健康で毒素のない状態に保つという食物繊維の利点に加えて、人体の最適な代謝や機能のための補酵素や補酵素として機能し、免疫系を高める。トマト、赤ピーマン、スイカ、リンゴ、ザクロ、イチゴなどの赤い果物や野菜には、抗酸化作用や抗がん作用のあるリコピンやエラグ酸などの植物栄養素が含まれている。ニンジン、オレンジ、マンゴー、バナナ、カボチャ、トウモロコシ、モモなどの黄色やオレンジ色の果物や野菜には、目の健康と良好な視力を維持するルテイン、ビタミンC、β-カロテンが含まれており、同様に強力な抗酸化物質や抗がん化合物でもある。ブドウ、ブルーベリー、ナス、ムラサキイモなどの青や紫の野菜には、抗がん作用や老化防止作用のあるアントシアニンやレスベラトロールが豊富に含まれている。最後に、ニンニク、タマネギ、カリフラワー、マッシュルームなどの白や茶色の果物や野菜には、抗炎症作用、抗菌作用、抗がん作用があり、免疫系も高める。したがって、恐ろしい病気であるガンを予防・治療し、免疫力を高めたいのであれば、毎日虹を食べることである！

　　　　タンパク質についてはどうだろう？これは肉や動物性食品にしか含まれていないのか？この考え方は不正確で、植物性食品には動物性食品と同等かそれ以上のタンパク質を含むものもあるからだ。例えば、1カップの赤レンズ豆は調理

済み卵3個分、3オンスのステーキまたは鶏肉は中サイズのベイクドポテト5個分、3オンスのアーモンドは3オンスのサーモンとほぼ同等のタンパク質を摂取できる。動物性タンパク質はコレステロール、飽和脂肪、高カロリーという欠点があるが、植物性タンパク質は食物繊維、植物性栄養素、ビタミン、ミネラルを摂取でき、低カロリーでありながら満腹感、満腹感が得られるという利点がある。

　　　　野菜や果物は缶詰で十分ですか？サンドラ・パトロンとアンドレア・デ・ラ・バルカによる2017年の総説では、加熱してすぐに食べられる超加工食品は炎症と*リーキーガットを*誘発し、肥満、自己免疫疾患、セリアック病に関与していることが示された。腸内の粘膜は、腸内に生息する善玉菌から腸壁を覆う粘液層、そして壁のレンガのようにしっかりと「接着」された腸細胞まで、何層もの保護層で覆われている。*リーキーガットとは*、こうしたバリアが破られ、毒素や化学物質、細菌が濾過されずに腸壁を自由に通過し、血流に到達してしまう状態のことである。一方、未加工食品や最小限の加工食品をベースとした食事は、善玉菌を増殖させ、腸内の炎症を抑え、腸の粘膜の完全性を促進する。食品加工のレベルは次の通りである：レベル1は*わずかに加工され*、潰されたり、カットされたりするが、何も取り除かれていない。レベル2は*中程度の加工で*、いくつかの成分が取り除かれ、一般的なキッチンで手に入る材料と混合されることがある。レベル3は*超加工で*、加工工場で作られ、実際の食品というより化学的な混合物である。超加工食品はリーキーガット状態を誘発することが示唆されている。従って、超加工食品を避けるまではいかなくても、最小限に抑え、わずかに加工されたものから適度に加工されたものを摂取するのがベストである。

　　　　食品の調理法も重要な要素である。焼く、焼く、ローストする、炒めるなどの乾燥熱でタンパク質の糖と遊離アミノ基が反応すると、未調理の状態に比べて10倍から100倍の

高度糖化最終生成物（AGEs）が生成される。湿熱調理、調理時間の短縮、低温調理、レモン汁や酢などの酸性食材の使用は、AGEsの生成を抑える。野菜、果物、全粒穀物、牛乳は、調理してもAGEsを比較的ほとんど含まないのに比べ、加工食品や高脂肪・高タンパク質の動物性食品はAGEsが豊富である。これらのAGEsは神経、腎臓、目、コラーゲンにダメージを与え、老化を加速させる。

　さらに、どのように食べるかは、おいしく食べるための最も重要な要素のひとつである。人間が食べるのは空腹のためだけでなく、時には感情的・社会的欲求を満たすためでもある。マインドフルな食事とは、ゆっくりと食べる、小皿や調理器具を使う、一口ごとに20回ほど噛んで間をあける、食事中にマルチタスクをしないなど、単純に食事とその瞬間を味わうことである。この食事様式は、調節不全の食習慣を改善し、習慣的な食行動を破壊することが示されており、糖尿病の栄養療法として用いられている。

　次の問題は、いつ食べるかだ。推奨されているのは、1日2食と間食のみで、できれば朝食はとらないか、午前7時から午後7時までといった12時間、10時間、8時間の枠の中でしか食事をとらない時間制限食である。一方、間欠的断食は、16時間断食、24時間断食、週1〜2回の断食など、断続的にカロリー摂取を減らすものである。断食には、リセットのための水だけの断食、抗酸化物質負荷のための野菜や果物のジュース断食、1日の摂取カロリーを800キロカロリーに制限し、半分を野菜から、半分をナッツ類から摂取する長寿断食などがある。この絶食期間の後、インスリン感受性が上昇し、脂肪利用への代謝転換が肥満を減少させ、糖尿病を予防することが示されている。

　この際、24時間食品リコールをしてみよう。

　1. 朝起きて何を食べましたか？

2. 今日は何回食べた？コップ何杯の水を飲む？

3. 24時間以内に間食を含め、1食あたり食べたものを記入してください。

前回のディスカッションで学んだことから、日々の栄養摂取においてどのような変化が必要だと思いますか？FAT（食事の頻度、量、種類）の公式に従って、SMART目標や栄養行動計画を書けますか？

私は、1日に〇〇〇回、食事に（食品の量と種類を具体的に）加える／減らす／取り入れる予定です。

例えば、1日2回、1食につき色の違う野菜や果物を3種類加えるとか、1日2回、1食につきご飯を茶碗半分にするとか。

生活習慣病の予防、健康、長寿のために、贅沢で心のこもった食事を心がけてほしい。よく選び、食事を味わう！

第5章 身体活動

"歩くことは人間の最良の薬である"- ヒポクラテス

現代社会の特典のひとつは、少ない労力で同じ目的を達成できる快適さだ。かつてはある場所から別の場所まで歩いたり走ったりしなければならなかったが、今では自動車を運転することで、より短時間で最小限のエネルギー消費で同じ結果を得ることができる。自宅のスマートデバイスの簡単なプログラミングで、決められた時間にデバイスの電源を入れることができる。一方、人々はリモコンでテレビや映画をスクロールしながら、ソファに座ったり休んだりしている時間が長い。しかし、この特典は危険ももたらしている。

サウスカロライナ大学アーノルド公衆衛生学部運動科学・疫学科のスティーブン・ブレア教授は、2009年1月にBritish Journal of Sports Medicine誌に掲載された論文の中で、*運動不足は21世紀最大の公衆衛生問題である*と述べている。なぜだろう？食生活の乱れ、喫煙、肥満など、人間の健康に害を与えるものばかりだ。エアロビクス・センター縦断研究において、男性40,842人、女性12,943人の死亡のうち、最も大きな割合を占めたのは、まず第一に心肺体力の低さであり、次いで高血圧、喫煙、糖尿病、高コレステロール、肥満の順であった。ここでも、研究の妥当性を強調するために、被験者の数が多数であることを明記している。このように、これは単なる小規模な研究ではなく、私たちは心肺機能に気をつけるべきであり、これは身体活動の賜物であると主張しているのである。

さらに別の研究では、肥満の男性でも適度に健康であれば、健康でない標準体重の男性に比べて死亡リスクは半分以下であることが示された。したがって、肥満度（BMI）だけを基準にして、肥満だから痩せている人より寿命が短いというのは不公平である。この方程式に欠けているのはフィットネスであり、身体活動は単に体重を減らすためだけでなく、心肺機能を高めるためのものであることを示している。

　　フィットネスとは、過度の疲労を感じることなく、活力と注意力をもって日常業務を遂行し、余暇活動や緊急事態に対応するための十分なエネルギーを持つ能力のことである。これには心臓や筋肉の持久力、筋力、柔軟性、反応時間などが含まれる。それゆえ、私たちが目指す身体活動とは、フィットネスなのである。1日の前半が終わる前に疲れを感じるのとは対照的に、体力とスタミナが十分にあるため、毎日必要なこと、やりたいことができることを想像してみてほしい。ましてや、70歳の男性がすでに寝たきりであったり、車椅子に押し倒されたり、トイレでさえ介助されたりするのとは対照的に、80代の私たちが自立したままで、立ち、歩き回り、介助を必要とせずに機能できることを想像してみてほしい。先に述べたように、ブルーゾーンでは、90歳を超えても健康で社会で生産的であることは、単なる夢や可能性ではなく、当たり前のことなのだ。

　　定期的な運動は、フィットネス、姿勢とバランス、自尊心、体重、筋肉と骨、さらには認知能力を向上させることが示されており、より正確には格言で表現されている。"As we move, the brain grooves."一方、運動不足は、早死、肥満、心臓病、高血圧、2型糖尿病、骨粗しょう症、脳卒中、うつ病、大腸がんの危険因子であることがわかっている。45歳以上の222,149人を対象とした研究では、性別、年齢層、BMIを問わず、座っていることと死亡率との間に一貫した相関関係があることが示された。

運動が長寿に役立つという証拠は、確固たるものであり、否定できない。339,274人の参加者を対象とした305件の無作為化比較試験において、NaciとIoannidisは2013年に、運動は脳卒中による*死亡を予防する上で薬物療法よりも優れ*ており、冠動脈疾患による死亡を予防する上で薬物療法と同等の効果があることを示した。21〜90歳の654,827人からなり、平均10年間追跡されたNational Cancer Cohort Consortiumのプールデータの大規模コホート解析では、週に75分までの早歩きに相当する余暇身体活動をしている人は、身体活動をしていない人に比べて*平均余命が2〜5年延長する**ことが*示された。活動的で体重が正常な人の平均余命は7年延びた。ジェームズ・ウッドコックらによって行われ、2010年に『International Journal of Epidemiology』に掲載されたシステマティック・レビューでは、身体を動かすことで死亡リスクが低下することが示された。*週2.5時間の低レベルの活動でも死亡率は19%減少*し、これを週7時間に増やすと死亡リスクは24%減少した。

　お気づきかもしれないが、私たちは運動ではなく身体活動を健康効果の基準としている。運動とは、持久力、筋力、柔軟性、バランスの維持・向上のために、計画的、構造的、反復的、意図的に行われる一連の動作である。この研究では、、*早歩きなど中強度の定期的な身体活動を週150分、1日30分、5日間行い、残りの2日間はレジスタンストレーニングや筋力トレーニングを行うことを*推奨している。身体活動の強度は少なくとも中程度でなければならないことに注意すること。軽い強度に分類される活動には、軽いウォーキング、簡単なガーデニング、ストレッチなどがあり、中程度の強度に分類される活動には、早歩き、サイクリング、落ち葉かき、水泳、ダンスなどがあり、激しい強度に分類される活動には、エアロビクス、ジョギング、バスケットボール、早泳ぎ、早踊りなどがある。簡単な経験則では、軽い強度の運動であれば、まだ話したり歌ったりすることができるが、中程度

の強度の運動では、まだ話すことはできるが歌うことはできない。強度の高い身体活動を行う場合、推奨される時間は中程度の身体活動の半分であり、健康上の効果を得るためには週に少なくとも75分である。さらに健康効果を高めるには、週5時間または300分の中強度または150分の強度の身体活動に増やすことができる。

　　　　身体活動の原則は、、*低く、ゆっくり始めることだ。*非常に座りがちな生活をしている人は、1日10分の適度な運動を5日間続け、合計30分に達するようにする。身体のコンディションが整ってくれば、身体活動のレベルや時間を許容範囲内で増やすことができる。妊娠中の人、高齢者、心臓発作や脳卒中の回復期にある人など、身体的・心臓的リハビリテーションを目的とした運動も認められている。ただ、特別な状態や配慮が必要な場合は、定期的に生活習慣病専門医に、身体活動の形態やレベルについて相談してください。定期的な身体活動が健康、認知、体型、ボディ・イメージ、自尊心を高めるように、定期的な身体活動の習慣は、時間さえ捻出すれば楽しく簡単に身につき、時には病みつきにさえなることに気づくかもしれない。これは、寿命が2〜7年延び、高齢期の体力と自立度が増し、脳卒中、高血圧、糖尿病、冠動脈性心疾患、がんなどの生活習慣病のリスクが減ることに相当する。

この章での活動では、まず身体活動バイタルサイン（PAVS）を評価します。PAVSは、1日あたりの適度な身体活動分数×1週間あたりの身体活動日数に相当します。例えば、1日30分の早歩きを週5日すると、PAVSは150分/週となり、健康効果を最大にするためには150〜300分が目標となる。

現在のPAVS = _____

週150〜300分という目標を達成するために、あなたの身体活動アクションプラン、つまりSMARTゴールは何になりますか？例えば、「平日は毎日午前6時から30分間、近所を早足で歩く。

私の身体活動行動計画

_____

計画を立てたからには、それを始めるための惰性に打ち勝つことだ。それで、何を待っているんだい？起きて活動し、心臓を鼓動させ、血液を循環させる。たまには座り心地のいいソファを手放し、歩きながら歌えないほど早足で歩いたり、水泳やハイキングなど、喜びを感じられる運動をする。これは脳を活性化し、代謝を高め、心肺機能を高め、体をシェイプアップし、寿命を延ばす。習慣にすること、つまりコンスタントに実行することをお忘れなく。さらに良いのは、ライフスタイルにすること。つまり、身体活動を生活の不可欠な一部にすることだ。

第6章 回復睡眠

「睡眠と注意深さは、どちらも過度の場合は病気を構成する」 〜ヒポクラテス

睡眠が受動的なプロセスで、人生にとって最低限の価値しかないと思っているなら、考え直してほしい。もしそれがそれほど重要でなければ、人生の3分の1をこのような状態で過ごすことはないだろう。その前に、睡眠とは何か？睡眠とは、4Rとして親しまれている、急速に可逆的に反応性が低下する状態である。では、なぜ私たちは眠る必要があるのだろうか？これは人間の安全性にとって直感に反することではないのか？

　　睡眠は人体にとって非常に重要である。なぜなら、脳、筋肉、心臓、その他の臓器が修復され、癒され、回復するのはこの状態だからだ。日常生活の中で、細胞や組織がダメージを受けることは避けられない。私たちは日々の仕事に集中しているため、些細な病気や怪我、組織の損傷などは、目の前の仕事に比べれば大したことではないとして無視されがちだ。残念なことに、こうした小さなダメージが長い時間をかけて蓄積され、大きな病気を引き起こすのである。私たちの臓器系にダメージが蓄積される可能性は、睡眠不足が長く続くとさらに高まる。想像してみてほしい。もし身体が日常生活を続けていれば、筋肉、腎臓、肝臓、その他の臓器にある程度のダメージが予想され、特に高圧下では修復される機会がない。ダメージは継続的に蓄積され、身体は摩耗しやすくなり、寿命が短くなる。

私の電話相談では、*睡眠不足症候群*に悩む患者が多い。彼らの多くはコールセンターのエージェントで墓場シフトであり、日中の睡眠環境も整っていないため、めまい、頭痛、仕事中の集中力・集中力の欠如を経験している。これは生産性の低下、欠勤、ひいては会社と従業員双方の収入減につながる。人間が仕事において非生産的だと考えるもの、それは睡眠だが、実は生産性を高める重要な促進剤なのだ。どうしてですか？

　脳では、睡眠中の間質空間の増大により、リンパ系による神経毒性老廃物のクリアランスが促進される。これらの神経毒が十分に排出されないとどうなるのか？慢性的あるいは長期的な睡眠不足は、アルツハイマー病の危険因子のひとつであり、記憶、言語、方向感覚などの重要な脳機能が徐々に低下する。心臓や血管では、睡眠中に血圧が下がり、心臓の壁や血管にかかる圧力が緩和される。逆に、慢性的な睡眠不足は血圧を上昇させ、心臓病の原因となる。同様に、睡眠中はストレスホルモンのコルチゾールが低下する。慢性的な睡眠不足が続くと、身体はコルチゾールにさらされやすくなり、血糖値の上昇や免疫力の低下を引き起こし、糖尿病やさまざまな感染症にかかりやすくなる。

　また、米国道路交通安全局によれば、年間10万件の自動車事故も睡眠不足が原因だという。18時間覚醒していると血中アルコール濃度は0.05に相当し、24時間覚醒していると0.10に相当する。飲酒運転が違法で危険とされるのであれば、居眠り運転も同様に人命や財産を危険にさらすものであり、罰則を科す時期に来ているのかもしれない。

　残念なことに、現代では睡眠は重視されず、仕事に使えたはずの貴重な時間の浪費とみなされることもある。時間は金に等しく、睡眠はアウトプットのない時間を過ごすようなものであるのに対し、睡眠の優先順位は低い。仕事、家庭、学業に追われ、睡眠時間が削られることも多い。しかし、睡眠が日常生活や病気の予防、長寿に非常に重要であるとい

う認識を改めれば、睡眠に費やす時間はまさに金であることに気づく。私たちは社会で働くために目に見えることをしているわけではないが、睡眠は私たちの身体のために仕事をするために驚くほど忙しい時間だということを心に留めておかなければならない。

記憶力を高め、脳機能を改善し、骨や筋肉を修復して劣化を抑え、血圧や血糖値を維持するためには、一晩に7〜8時間の回復睡眠をとることが望ましい。成長ホルモンやソマトトロピンが分泌されるのも睡眠中で、このホルモンは成長、細胞再生、細胞再生を刺激する。さらに、脳がシナプスや結合を形成し、起きているときに得た経験や知識を理解するのは睡眠中である。このように、睡眠は学習、統合、長期記憶の定着に非常に重要である。

どうすればこの回復睡眠を実現できるのだろうか？まずベッドを整え、部屋に入ったときに休息とリラックスのスイッチが入るようにする。仕事のような心配事や不安な思い出をベッドに付けず、若返りのための神聖な空間とする。ブルーライトは、睡眠を誘発するホルモンであるメラトニンの分泌を阻害するからだ。メラトニンはまた、薄暗い照明の中で最もよく働くので、シフトのスケジュールに応じて、回復睡眠をとるつもりなら、どの時間帯でも夜をシミュレートするよう努めること。

第二に、リズムが重要で、これは音楽でも自然でも基本的なことだ。植物でさえ、私たちが必要とする栄養素や酸素を生産するためには、光合成の暗期が必要なのだ。可能であれば、早朝に日光を浴び、少なくとも睡眠の4〜8時間前（ただし睡眠時間に近すぎない）に運動をする。毎日ほぼ同じ時間に眠り、同じ時間に起きるよう努力する。研究によると、1日の睡眠時間が6時間未満と9時間以上は、いずれも肥満、高血圧、糖尿病などのメタボリックシンドロームを引き起こす可能性がある。日中の昼寝も疲労回復に効果があるが、夜間のリズムを乱さないよう、20分程度にとどめる。

第三に、食事の種類とタイミングに注意すること。午後はカフェインやタバコなどの刺激物、就寝3時間以内のアルコールは避ける。リラックス効果のある紅茶やカモミールを飲むのもいい。日中は早めに十分な水分補給と栄養補給をするが、深夜の間食は控えること。間食が完全に消化されるには4時間必要で、体内のエネルギーを回復ではなく消化に回したくないからだ。食事の種類に関しては、脂肪と炭水化物の摂取を減らし、タンパク質を十分に摂取する。脂肪については、アボカド、脂ののった魚、クルミ、オリーブオイルに含まれるオメガ3脂肪酸が有効であり、果物、野菜、全粒穀物に含まれる食物繊維は、より回復力の高い睡眠と関連している。

　睡眠は、反応性が急速に低下する可逆的な状態であるのと同様に、脳や身体の他の重要な器官の完全性、回復、若返りを維持する上で非常に重要である。慢性的な睡眠不足は、アルツハイマー病、糖尿病、がんなどの危険因子となる。回復力のある睡眠を得るためには、日中は活動的に過ごし、早い時間から日光を浴びることが効果的である。一方、夜間は体を冷やし、眠る直前には明るい光やガジェットなどの刺激的な食べ物や環境を避けることが効果的である。

　今一度、自分の睡眠パターンを1週間評価し、自分の活動や環境、特に睡眠中に身体がどのように感じるかに注意してほしい。多くの場合、身体は自分の好みや現在の状態を、元気か痛みか、あるいは活力があるか疲れているかという形で伝えてくる。このように、自分の身体の声に耳を傾け、最適な機能を維持するために可能な限りの生活習慣を実践し、身体のメンテナンスに協力するためには、時間と注意を払うことが大切なのである。以下は、あなたの夜型リズムがどうなっているかを知るための、1週間の睡眠に関する簡単な評価です。

私の睡眠日記

日	入眠時刻	目覚めの時間	睡眠時間（どのくらい？）	メモ（目覚めたときの気分：すっきりした、まだ眠い、不穏な夢を見たなど）
月曜日				
火曜日				
水曜日				
木曜日				
金曜日				

土曜日				
日曜日				

第7章 – 危険物質の回避

「人を治す前に、その人を病気にするものをあきらめる気があるかどうかを尋ねよ。 – ヒポクラテス

薬物とは、被提供者の身体的および精神的状態を変化させる目的で摂取または投与される、食物または水以外の物質を指す。例えば、ジギタリス属の植物、別名キツネノマゴから採れるジゴキシンは、心不全の場合に心臓のポンプ機能を強化するために使われてきた。同様に、カビの一種であるペニシリウム・ノータタムから分離されて以来、広く使われている抗生物質ペニシリンは、人間の寿命を縮めていたさまざまな細菌感染から多くの命を救ってきた。同様に、アヘン科のケシ*Papaver somniferum*から採れるモルヒネは、ガンや心筋梗塞、心臓発作に苦しむ人々の激痛を和らげた。

　　薬物には魔法のように命を救い、苦しみを癒す能力がある一方で、精神作用のために乱用される薬物もある。これらの効果には、気分、思考、知覚、行動の変化が含まれ、薬物によって呼び起こされる快感のために、これらの心理的・身体的効果を何度も経験するために、これらの物質を使用する強迫観念を抱く人もいる。この状態は薬物依存として知られている。しかし、同じ量でも薬物の効果に耐性を持つようになると、薬物を中止しようとしたときに経験する渇望感や不快な作用と相まって、より多くの量をより頻繁に摂取するようになる。

　　薬物乱用とは、個人の身体的、精神的、情緒的な障害をもたらす化学物質の使用である。アディクションは、ABCDEというニーモニックで圧縮された次のような特徴によって特徴づけられる：**断薬**できない、**行動**制御の障害、薬

物への**渇望**または飢餓感の増大、人の行動や人間関係における重大な問題の認識の**低下**、および機能不全の**情動**反応。依存症への道は4Cのサイクルに従う：*渇望*」、「*衝動*」、「*コントロールの喪失*」、「*結果にもかかわらず使用し続ける*」。依存症は脳の病気であり、その生物学的、構造的、構成的な変化をもたらすが、他の病気と同様、*予防や治療が可能である。*

最も多く乱用されているのはタバコで、7000種類の化学物質が含まれており、そのうち250種類は有害で、69種類は喫煙者だけでなく、煙を吸い込む周囲の人々にも発がん性がある。肺がんやその他のがん、肺気腫、早期老化、不妊症、冠動脈疾患や脳卒中などの血管の病気、感染症にかかりやすい免疫力の低下など、多くの病気や症状を引き起こす。タバコに含まれる中毒を引き起こす物質はニコチンで、頭痛、下痢、高血圧、興奮や落ち着きのなさ、震え、冷や汗、時には錯乱や発作を引き起こす。喫煙を試みやすい思春期の子どもたちは、脳がまだ実行機能や神経認知機能を発達させている最中なので、ニコチンの神経毒性に影響されやすい。2mgという低用量は、受動喫煙者である子供たちにも深刻な神経毒性を及ぼす可能性があり、0.8〜13mg/kgの用量は成人の50％を死に至らしめる。

一方、世界保健機関（WHO）によれば、禁煙には驚くべき効果がある。禁煙開始から20分後には心拍数と血圧が低下し、12時間後には血中の一酸化炭素濃度が低下する。禁煙1年後には冠動脈疾患のリスクは50％減少し、5年から15年後には脳卒中のリスクは非喫煙者と同じになる。禁煙10年後には、肺がんが50％減少し、口、喉、食道、膀胱、子宮頸部、膵臓のがんのリスクも減少する。禁煙15年後には、心臓病のリスクは非喫煙者と同じになる。

物質や薬物を使用する行動が問題のあるパターンに発展した場合、これは*物質使用障害*と呼ばれる。そのため、意図した量よりも多量に、あるいは長期間にわたって物質が摂

取され、使用を減らそう、あるいは抑えようとする努力が持続したり失敗したりし、薬物への*渇望*、あるいは強い欲求に駆られて、薬物を入手し使用するために必要な活動に多くの時間が費やされる。再発使用は、身体的に危険な状況でも行われ、生理的・心理的な問題が再発するとわかっていても続けられる。その結果、繰り返し使用することで、学校、家庭、職場における主要な義務を果たせなくなり、社会的、娯楽的、職業的活動がおろそかになり、社会的、対人的問題が蔓延する。

　その他、アルコールやオピオイドもよく乱用される。アルコールについては、男性は1日2杯、女性は1日1杯を超えないことが推奨されている。男性なら2時間で5杯、女性なら4杯で0.08mg/dlまでアルコール濃度が上昇し、これを*暴飲暴食*と呼び、月に5日以上の暴飲暴食はすでに大量のアルコール使用となる。自動車事故、自殺、急性中毒による急性死とは別に、頭頸部、食道、肝臓、結腸・直腸、乳房のがんなど、年間10万人以上がアルコールが原因で死亡している。大麻やオピオイドもよく乱用される薬物で、過剰摂取により死亡する可能性がある。

　このテーマについて考えるとき、私は病棟で肝性脳症を患った患者を思い出さずにはいられない。確かにかつては喜び、成功、愛、友人、家族があったが、アルコールの肝臓への毒性作用により、血中のアンモニア濃度が急上昇し、脳を衰弱させた。ある者は抑えきれない興奮状態に陥り、泣いたり叫んだりし、家族や友人を認識できなくなった。息子や娘、友人やパートナーが、もうほとんど知らない人の世話に疲れ果てている、そんな光景を目の当たりにして心が痛んだ。

　薬物中毒が人の意志の力に及ぼす影響は、かなり大変なものであるが、中毒者が悪い人、絶望的な人、罰を受けなければならない人だと結論づけるのは誤りである。依存症は、脳の報酬経路、感情中枢、記憶中枢の複雑な病気であり、

知覚や判断にも影響を及ぼし、脳の構造、経路、化学組成に経時的な重大な変化を引き起こすことを理解しなければならない。しかし、すべての希望が失われたわけではなく、動機づけ面接などの行動的介入や薬物療法、さらに禁煙外来や高次施設を通じた社会的支援システムがあり、薬物使用障害の管理に役立っている。健康面、精神面、法律面、学業面、生活面、レクリエーション面、治安面など、家族や地域社会の支援サービスは、癒しのプロセスだけでなく、癒やされた人のアフターケアや社会復帰の礎となるものである。

　　　善をなすか害をなすかという最初の選択は常に私たちの手の中にあり、一人の決断が自分自身や社会に有益にも有害にも影響する。脳の制御能力を弱める力があることを知りながら、危険な物質を味わうか味わわないか、そして、禁煙した後には人体の回復に希望が持てることを知りながら、禁煙するかしないか。

　SBIRTオレゴンによって開発された、過去1年間の薬物やアルコールの使用に関して自分自身を評価するのに有用なツールです。

Rhodesia

Annual questionnaire

Once a year, all our patients are asked to complete this form because drug and alcohol use can affect your health as well as medications you may take.
Please help us provide you with the best medical care by answering the questions below.

Patient name: _____

Date of birth: _____

Are you currently in recovery for alcohol or substance use?   ☐ Yes   ☐ No

Alcohol: One drink =    12 oz. beer    5 oz. wine    1.5 oz. liquor (one shot)

	None	1 or more
MEN: How many times in the past year have you had 5 or more drinks in a day?	○	○
WOMEN: How many times in the past year have you had 4 or more drinks in a day?	○	○

Drugs: Recreational drugs include methamphetamines (speed, crystal), cannabis (marijuana, pot), inhalants (paint thinner, aerosol, glue), tranquilizers (Valium), barbiturates, cocaine, ecstasy, hallucinogens (LSD, mushrooms), or narcotics (heroin).

	None	1 or more
How many times in the past year have you used a recreational drug or used a prescription medication for nonmedical reasons?	○	○

http://www.sbirtoregon.org/resources/annual_forms/Annual%20-%20English.pdf

第8章 ストレス・マネジメント

「機嫌が悪いときは散歩に行こう。それでもまだ機嫌が悪いなら、別の散歩をしなさい」。- ヒポクラテス

ストレスとは、人の現状やホメオスタシスを乱す恐れのある刺激であり、その現状を回復しようとする身体反応を引き起こすものである。この刺激をストレッサーと呼び、適応反応を引き起こす。例えば、家が火事になったとき、あなたは自分の身を安全に戻したいと思うだろう。ストレスホルモンが分泌され、代謝が促進され、脳と骨格筋により多くのエネルギーが供給される。免疫細胞は活性化され、感染や怪我から身を守り、治癒を促進するが、生殖、消化、成長は一時停止する。頭の回転が速く、重い荷物を運べるし、速く走れるし、火事からも逃げられる。

短時間の急性ストレス状態は、免疫系や人間の健康全般に有益で刺激的である。しかし、ストレスに長期間さらされると、*緊張*が生じたり、身体の仕組みや代謝がそのストレスに適応し、対抗するような状態に変化したりする。これは動脈硬化、血糖値の慢性的な上昇、闘争・逃走反応に関与しない臓器への血液供給の収縮を伴い、健康全般に悪影響を及ぼす。

さらに、さまざまなストレス要因に対して特定のストレス反応パターンを示す傾向があり、これはステレオタイプと呼ばれる特性である。タイピング中のノートパソコンに突然トカゲが落ちてきたとき、魅力的な仕事仲間がパートナーに近づこうとしたとき、請求書の期日が近づいたとき、あるいは期末試験中に、同じストレス反応が身体に誘発されるこ

とを想像してみてほしい。慢性的あるいは長期的なストレスが免疫系を弱め、ストレス反応として血圧が上昇すると血管壁に損傷を与えるのである。血管損傷の持続は、脳、腎臓、心臓など体内のさまざまな臓器に影響を及ぼし、損傷を与える。ストレスは植生機能も減衰させるため、性欲、消化、成長、生殖が低下する可能性がある。

さらに悪いのは、ストレス要因がすでに精神衛生に影響を及ぼし、うつ病や不安症を引き起こしている場合である。うつ病では、すでに絶望感と無関心感があるのに対し、不安症では未知の恐怖が蔓延している。この絶望と蔓延する恐怖のせいで、人は自分の人生さえもすべて終わらせようと決心し、数え切れないほどの命が失われてきた。世界中で年間14.3%、800万人が精神障害に起因する死亡をしている。ブルーゾーンの百寿者たちが社会に貢献し続け、自分たちの血筋の次の世代が自分たちの物語を生きているのを見るのを楽しんでいるのとは対照的だ。両者ともさまざまなストレス要因にさらされているが、一組の人々は採用して生きることを選び、もう一組の人々は希望を失って死ぬことを選ぶ。

良いニュースは、ストレスは無数の方法で管理できるということだ。ストレスのエネルギーは、有益な追求に向けることができる。多くの有名な芸術家は、最悪の悲しみの時に傑作を残している。人は誰でも、自分だけの才能、才能、興味をもっているもので、そこで自分の感情を注ぎ込むことができる。マインドフルネスとは、食べ物の味、そよ風の涼しさ、朝日や夕日の美しさ、音楽の音、子供の笑い声、ベッドのシーツの柔らかさなど、今この瞬間の体験を楽しむことであり、ネガティブな感情から感謝へとフォーカスを移し、ホルモンや神経の環境をストレスホルモンから快感神経伝達物質へと変化させることができる。

瞑想も また、心を手なずけるための実証済みの方法である。脳の侵入的思考を静める積極的な方法であり、ストレス刺激に対する反応性を低下させ、認知機能を改善し、神

経変性を予防することが、いくつかの研究で示されている。瞑想にはいろいろなやり方がある。目を開けても閉じてもいいし、BGMをつけてもいいし、何もつけなくてもいい。最初のステップは、3呼吸までゆっくりと息を吸って吐くこと。その目的は、覚醒・覚醒状態の脳波活動をベータ波（12～30Hz）からアルファ波（8～12Hz）、シータ波（3～8Hz）へと低下させることである。起きていながら、脳に睡眠による健康効果をもたらすようなものだ。目を閉じて集中してもいいし、目を開けて鉛筆の先や絵のような対象物に集中してもいい。押しつけがましい考えが頭に浮かんだとしても、判断することなく、憎悪することもなく、驚くこともなく、親近感を抱くこともなく、ただ雲のように過ぎ去ってしまえばいい。自分の目標に集中すること。これを朝晩5分間行うことで、脳を再起動させ、瞑想の鎮静効果と神経保護効果を得ることができる。

　運動は、うつ病の予防と治療、気分と自尊心の向上、認知力の改善、神経変性疾患のリスク軽減に効果があることが示されている。栄養面では、複合炭水化物のようなグリセミック指数の低い食品は、脳の化学反応に適度な、しかし持続的な影響を与えることができる。オメガ3脂肪酸、ビタミンb12、葉酸、カルシウム、鉄、亜鉛も、精神衛生や神経変性疾患の予防に有益な効果を示している。睡眠は気分にも影響し、睡眠不足の人の過敏性、精神的疲労感、ストレスへの感受性に見られるように、睡眠リズムが回復すると気分は劇的に改善することが報告されている。

　ビブリオセラピーとは、精神疾患に苦しむ患者の回復を促進するために本を利用することである。精神病患者にとってそうであるなら、同じように本の登場人物に共感し、同じような試練を受けている普通の人々にとっては、なおさらである。外に向かって自分のフラストレーションを表現することができないときに、心理的なカタルシスを得るための道を開くかもしれないし、登場人物に共感し、自分の置かれた

状況や可能な解決策を理解するための洞察を与えるかもしれない。季節性情動障害（SAD）の影響や、季節の変わり目による気分の変化に対抗するために、少なくとも週に3〜4日、朝の光を浴びる。

　　　前向きな人間関係や社会的支援の価値は、控えめにはできない。家族や友人との気遣い、愛情、尊敬、そしてオープンなコミュニケーションは、その人がどんな問題やストレス、苦難に直面しても、それを克服する助けとなる。しっかりとしたサポート体制がある人は、うつ病などの精神衛生上の問題から守られることが明らかになっている。ブルーゾーンに示されているように、結束の固い家族やコミュニティは、あらゆる年齢層にとって有益である。高齢者は若い世代を導き、支えるという目的意識を持ち続け、若者は高齢者から洞察力や知恵、気遣いを得る。

　　　以下は、1983年にCohen、Mamarch、Memelsteinによって開発された知覚ストレス尺度の例である。自分自身を評価し、点数をつけてみてほしい。点数が高いほど、ストレスをより強く感じていることを示す。これは、自分のストレスレベルを自覚するきっかけに過ぎない。このようなストレスへの対応は、精神的・肉体的な負担を生じさせ、幸福を損なうことのないよう、より重要である。

Perceived Stress Scale (PSS-10)

Instructions:
The questions in this scale ask you about your feelings and thoughts during the last month. In each case, you will be asked to indicate how often you felt or thought a certain way.

In the last month, how often have you...

		Never	Almost Never	Sometimes	Fairly Often	Very Often
1	been upset because of something that happened unexpectedly?	0	1	2	3	4
2	felt that you were unable to control the important things in your life?	0	1	2	3	4
3	felt nervous and "stressed"?	0	1	2	3	4
4	felt confident about your ability to handle your personal problems?	4	3	2	1	0
5	felt that things were going your way?	4	3	2	1	0
6	found that you could not cope with all the things that you had to do?	0	1	2	3	4
7	been able to control irritations in your life?	4	3	2	1	0
8	felt that you were on top of things?	4	3	2	1	0
9	been angered because of things that were outside of your control?	0	1	2	3	4
10	felt difficulties were piling up so high that you could not overcome them?	0	1	2	3	4

この時点で、次のことを熟考していただきたい：

1. 今日のご気分はいかがですか？
2. あなたのストレス要因は何ですか？
3. ストレスに対処できる自信はありますか？
4. ストレスに効果的に対処するためのツールは？
5. うつ病や不安症を予防するには？

第9章 – ポジティブ心理学

"軽い心は長生きする" - シェイクスピア

この章では、生活習慣病の最後の、しかしおそらく最良の柱を探る。本書を読み終えて、読者の人生に響く行動変容があるとすれば、それは、私たちが人生において繁栄し、栄え、幸福、満足、そして長寿を達成することである。

ポジティブ心理学は、生物学的、個人的、人間関係的、制度的、文化的、そしてグローバルな次元まで、さまざまなレベルにおける人間の機能と繁栄を科学するものである（Seligman, M and Csikszentmihalyi M, 2000）。問題や弱点、負債、機能不全に焦点を当てるのではなく、個人やコミュニティ、文化、組織の繁栄を可能にする強みや美徳を強調する。そのため、身体的、感情的、社会的な幸福と調和し、健康と長寿につながる行動と関連してきた。2017年のKanskyとDienerの研究では、より幸せな人は運動し、シートベルトを使用し、健康的で栄養のある食べ物を食べ、危険なアルコールの使用や喫煙を避ける傾向があると指摘している。こうした健康的な行動は、幸福感、自尊心、肯定的な感情を高め、健康的なライフスタイルと幸福の上昇スパイラルを引き起こす。

幸せとは何なのか？人間の心理には、気持ちよくなりたいという願望が埋め込まれている。イタリア語で "幸せ" を意味する言葉のひとつに "contento" がある。物質的な物や所有物、出来事によって束の間の高揚感を得ることはあっても、幸福は内面からやってくるものだ。アリストテレスは『ニコマコス倫理学』と『オイデミア倫理学』（　）の中で

、幸福を経験する2つの方法を探求した。ヘドニアでは、幸福とは楽しい経験を優先することで喜びを最大化することである。一方、彼によれば、自己実現と自分の美徳に従った生き方によって達成され、長期的な繁栄につながる幸福の形もある。これは**エウダイモニア**（*eu*＝真、*daemon*＝劣った神）と呼ばれ、自分自身の最高のバージョンを開発し、潜在能力を最大限に引き出し、卓越性を目指すための一貫した活動やライフスタイルである。

アメリカの心理学者であり教育者でもあるマーティン・セリグマンは、幸福と幸福のためのフレームワーク「PERMAモデル」を開発した：

ポジティブな感情

婚約

ポジティブな関係

意味と

成果

ポジティブな感情には、良い気分、幸せな気分、困難にもかかわらず出来事の最終的な結果を楽観視する能力が含まれる。ダンス、絵画、数学の問題やパズルを解くこと、デザイン、手術、楽器の演奏など、時間があっという間に過ぎていくような、自分の好きな活動に没頭**する**ことだ。深く有意義な**人間関係は**、困難な時に支えとなり、人間が生まれながらに持っている絆や社交性への欲求を満たしてくれる。家族の世話を**する**、人類に奉仕する、創造主を崇拝するなど、自分よりも大きな目的のために自分の強みを*生かす*。最後に、**達成感とは**、誇りと充実感を与えてくれる楽しみに取り組むことである。

1938年に開始され、現在も進行中のハーバード大学成人発達研究において、幸福、健康、長寿に関連する唯一で最も重要な要因は、***積極的な社会的つながり***であることがわ

かった。笑いの共有、友人やパートナーからの好意的な反応など、日常的に共有される肯定的な経験では、副交感神経系が活性化され、オキシトシンレベルが上昇し、心拍変動も増加し、ストレスや交感神経系の影響を打ち消す。また、ポジティブな人間関係は、病気からの回復を早め、認知能力を高め、精神的な健康と繁栄につながることが示されている。

　　この時点で、幸福と幸福のPERMAモデルに従って自分自身を評価していただきたい。正解も不正解もなく、良い答えも悪い答えもない。これが、後にあなたが立てる繁盛プランの基礎となるのだから。ここで重要なのは、あなたのライフスタイルと長寿の旅の中で、定期的にこの自己評価や他の自己評価に戻るときに経験する進歩である。

ペルマ	質問	あなたの答え		
ポジティブな感情	自分の人生はおおむねうまくいっていると感じていますか？	😊	😐	😞
婚約	自分のしていることに興奮を覚え、時には時間を忘れてしまいそうになることはないだろうか？	😊	😐	😞
人間関係	人間関係に支えられ、満足していると感じますか？	😊	😐	😞
意味	あなたは毎日、自分だけの使命を果たしていると感じているだろうか？	😊	😐	😞

成果	あなたは毎日、やろうと思ったことを達成できているだろうか？	😊 🤔 😞

　　幸福とは、筋肉や脳のように、使われ、鍛えられることで成長する人間の付属器官とみなすことができるかもしれない。では、どうやって幸福を行使するのか？退屈でも、傷ついたり傷つけられたりしても、無理に幸せを感じなければならないのだろうか？おそらくそうではないだろう。幸福は、適切に培われれば、心から自然に湧き出るものだからだ。しかし、私たちは感謝の心を養うことで、幸福を行使することができる。一日の終わりに、その日にとても幸せだったと感じたことを少なくとも3つ書き出す。私の場合はたいてい、朝日を浴びながらコーヒーを飲むこと、毎日接して癒してきた患者さんたち、無事に送り迎えしてきた子供たち、彼らが幸せで、刺激を受け、満足し、安心しているのは母親がいるからだ。

　　あなたの人生やあなた自身のあらゆる側面において、幸せだと感じることを5つから10つ書けますか？少なくとも1ヶ月間、毎晩就寝前の15分間、これを実践し、人生の単純な喜びに満足し「*contento*（満足する）」ことがどれだけ容易になったかを評価してみよう。

今日はこれが嬉しかった：

❖ _____

- ❖ _____
- ❖ _____
- ❖ _____
- ❖ _____
- ❖ _____
- ❖ _____
- ❖ _____
- ❖ _____
- ❖ _____

　　幸福と繁栄のもうひとつの重要な側面は「希望」であり、これはポジティブな結果への期待に基づく楽観的な心の状態である。同じ体重、肥満度、社会的支援体制、能力を持つ2人の肥満者、マーラとフェイスを考えてみよう。10段階評価で、マーラが体型を戻す望みが0であるのに対して、フェイスは10であり、どちらがより多く運動し、食べる量を減らし、目標達成のための方法を模索するだろうか？リック・

スナイダーが1991年に開発したアダルト・ホープ・スケールでは、希望は、あなたの内発的な能力や意欲（*私はできる*）であるウィルパワー（主体性）と、社会的な支援や目標達成のための手段であるウェイパワー（経路）に分けられる。簡単な練習をしてみよう：あなたの目標をひとつ想像してみてください。スケールを単純化するために、意志の強さとウェイパワーの点で、あなた自身を1から10のスケールでどう評価しますか？

意志の力　10 9 8 7 6 5 4 3 2 1 0

ウェイパワー　10 9 8 7 6 5 4 3 2 1 0

あなたが人生で恵まれていると感じていること、実現への希望、将来の計画について熟考した後、PERMAモデルの要素に従って、1年ごとの繁栄計画を立ててみてください。以下はその例である：

ポジティブな感情	*私はこれからも、毎朝暖かい日差しを浴び、午後には夕日を眺めながら、希望と感謝をもって計画を見直すつもりだ。* *私はこれからも、愛すること、そして出会ったすべての人に元気を分け与えることを続けていく。* *高揚感や癒しを与えてくれる音楽を聴き続けるつもりだ。*
婚約	*絵を描いたり、詩を書いたり、ダンスをしたり。*

人間関係	*私は子供たちの話を聞き、理解し、一緒に過ごす時間を増やします。*
意味	*私は、細心の注意と専門知識、そして尊敬の念をもって患者さんに接します。*
成果	*私はこの本を書き上げ、読者のためになる本を書き続けるつもりだ。*

私の繁栄計画

	ステータス	私の計画
ポジティブな感情	Launched	
婚約	In progress	
人間関係	Launched	

	ステータス	私の計画
意味	In progress	
成果	Not started	

第10章 結論

「賢者は健康が最も貴重な財産であることを認識すべきである。」〜ヒポクラテス

健康に気を配ることは、自分自身と社会に対するすべての人の責任である。世界保健機関（WHO）が定義する健康とは、単に病気や不調がないことではなく、身体的、精神的、社会的に完全に良好な状態である。人間はワクチン接種や抗菌剤によって、健康に対する感染症の脅威にはある程度打ち勝ったが、今やその脅威は、超加工食品から出る有害化学物質や、タバコ、アルコール、その他の薬物などの中毒性物質にさらされた、人間自身のストレスの多い、しかし座りがちなライフスタイルに移っている。それ以来、現代社会はがん、冠動脈疾患、脳卒中、糖尿病などの慢性疾患に悩まされ、寿命を縮めるだけでなく、苦しみをもたらし、人間の生活の質を低下させている。それどころか、ブルーゾーンのように、日常生活に健康的なライフスタイルを織り込んでいるために、人生の黄昏時にあっても長寿と生産性を促進する文化もある。

　さて、長寿の秘訣は何だろう？派手な化学薬品も、魔法のような動きも、マントラもない。古代の人々はこのことを私たちよりもよく知っていた。十分な睡眠、水分補給、栄養補給、身体活動、社会的交流をもって毎日を過ごすことだ。特別な成分を加えるというより、引き算をしている。タバコやアルコール、トランス脂肪酸、超加工食品、単糖類、長時間のストレス、運動不足や座りっぱなしのライフスタイルなど、危険な物質を避けることだ。

映画『カンフー・パンダ』で、ポーがミスター・ピンに秘伝のヌードルスープの隠し味を尋ねるシーンがあった……隠し味は何もなかった！ポーがついに究極の力を手にするドラゴンの巻物を手に入れたとき、彼が見つけたのは自分の鏡だけだった。では、何が私たちに究極の力を与えてくれるのか？動くか動かないか、ホールフードの植物性食品を食べるか缶詰の加工肉を食べるか、十分な睡眠をとるか締め切りのために夜の油を燃やすか、有意義な人間関係を持つか持たないか、目的を持つか無目的に漂うか、タバコを吸うか吸わないか。結局のところ、『龍の巻』は私たちが日々直面するこれらの選択に過ぎず、究極の強さは依然として私たちの中にある。

　　生活習慣病の6つの柱は、広く研究され、心臓発作、脳卒中、糖尿病、がんなどの生活習慣病を予防、治療、緩和することが示されている。第一の柱は、カロリーと脂肪を最小限に抑えながら、体に必要なビタミン、ミネラル、繊維を供給する、ホールフードの植物ベースの食事である。第二の柱は、週平均150分から300分の適度な身体活動、または週75分から150分の激しい身体活動である。これは、過度の疲労を伴わずに日常活動や趣味、情熱的な活動を行うための体力、心肺機能、筋力、精神力を高めるものである。第三の柱は、毎日平均7〜8時間の回復のための睡眠で、脳や消耗した筋肉、その他の組織や臓器系を若返らせる。第四の柱は、報酬経路に影響を与え、脳の神経生物学や構造を変化させることで意志の力を弱め、欲求や中毒が最終的に危険な行為や個人的・社会的責任の放棄を引き起こすような、タバコやアルコール、その他の中毒性薬物などの危険な物質を避けることである。第5の柱は、日常生活で避けられないストレスの管理であるが、瞑想、マインドフルネス、身体活動、ビブリオセラピー、光療法、レクリエーションなどの活動を通じて、ストレスによって緊張しないように身体を整えることができる。ポジティブな感情、フロー状態につながる活動への参加、

ポジティブな人間関係、意味や目的意識、設定した目標の達成などを通じて、各人や社会を成長させ、繁栄させる強みを活用する。

　　　健康的なライフスタイルのための意図や青写真がいかに善意であっても、変化に対する個人の準備態勢も考慮されるべきである。Transtheoreticalモデルで提唱されている行動変容の段階には*前熟考*があり、そこでは、人はまだ変化の必要性を認識しておらず、何らかの変化を受ける意思もない。次の段階は*熟考の*　段階であり、変化の可能性に気づき、心を開いているが、まだ賛否両論、変化の方法と理由を吟味している段階である。これに続くのが*準備*　段階であり、行動変容のためのベイビーステップを行う。次の段階は*行動*段階であり、行動変容を6ヶ月間継続することである。次の段階は、少なくとも6ヶ月間行動変容が持続する*維持*　段階である。最終的に、*終結の段階では*、その行動は、以前の不健康なライフスタイルへの再発の可能性がほとんどないように、その人のシステムに組み込まれている。プログラム開始時には、各人がこれらの段階のいずれかにいる可能性があり、異なるペースで進行する可能性がある。

　　　この時点で、次の表に記入し、もう一度自分の準備態勢と、生活習慣病の6つの柱のそれぞれに対する重要度と信頼度を評価し、それに従って計画を立てていただきたい。SMART計画とは、具体的で、測定可能で、達成可能で、現実的で、期限付きの計画であることを忘れてはならない。行動変容の段階とは、繰り返しになるが、前思考（しない）、熟考（するかもしれない）、準備（できる）、行動（する）、維持（今もしている）、終了（いつもしている）である。各柱の重要度と信頼度はそれぞれ独立した尺度で評価され、1は重要でない、または自信がない、10は究極に重要で究極に自信がある、となっている。最後に、ライフスタイル医学の6つの柱は、全食品植物ベースの食事、身体活動、回復のた

めの睡眠、ストレス管理、ポジティブ心理学とつながりである。

	私のSMARTプラン	私のステージ	重要度	信頼度
ホールフード、植物ベースの食事				
身体活動				
回復のための睡眠				

危険物質の回避					
ストレスマネジメント					
ポジティブ心理学とつながり					

　毎日、習慣を記録し、身につけたい健康的な生活習慣にチェックを入れ、思い出すことができる。習慣を身につけるには21日、生活習慣を身につけるには21ヶ月かかることを忘れずに、自分に忍耐強く接しよう。健康的なライフスタイルを送り、長く、有意義で、健康で、幸せな人生に乾杯！

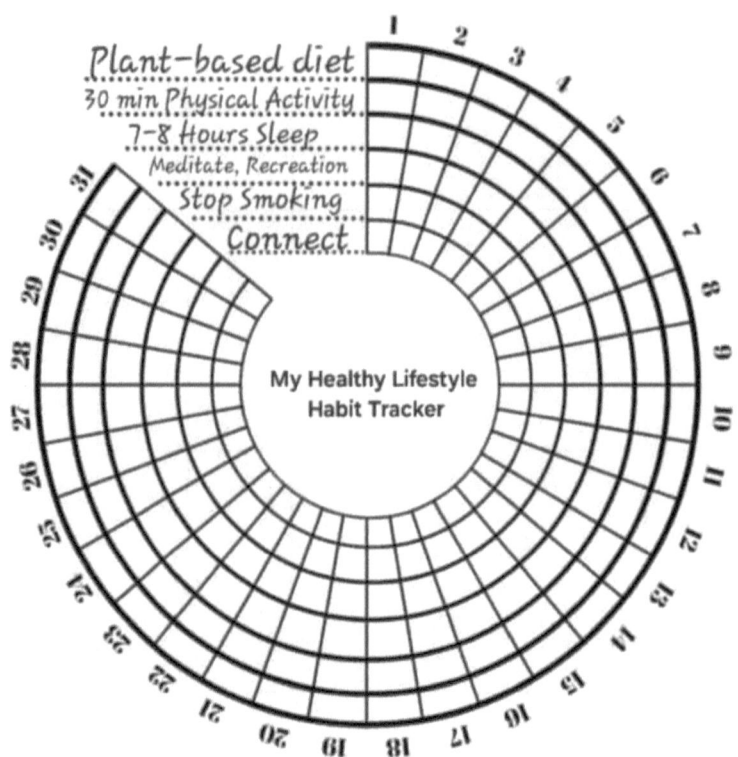

参考文献

カミレリM. リーキーガット：メカニズム、測定およびヒトにおける臨床的意義。Gut. 2019 Aug;68(8):1516-1526. doi: 10.1136/gutjnl-2019-318427. Epub 2019 May 10. pmid: 31076401; pmcid: pmc6790068.

Colditz, G., Hankinson, S. The Nurses' Health Study: lifestyle and health among women. Nat Rev Cancer 5, 388-396 (2005). https://doi.org/10.1038/nrc1608.

De Lorgeril M, Salen P, Martin J-L et al.地中海食，伝統的危険因子，心筋梗塞後の心血管合併症の発生率（リヨン心臓研究最終報告）。16 Feb 1999. https://doi.org/10.1161/01.CIR.99.6.779. Circulation. 1999;99:779-785.

Hashemzadeh M, Rahimi A, Zare-Farashbandi F, Alavi-Naeini AM、

Daei A. 健康行動変容のトランス理論モデル：系統的レビュー。Iranian J Nursing Midwifery Res 2019;24:83-90.

エルナンデス、ロサルバ、他。心理的幸福と身体的健康：関連性、メカニズム、今後の方向性。エモーション・レビュー Vol.10 No.1 (January 2018) 18-29 ISSN 1754-0739 DOI: 10.1177/1754073917697824. journals.sagepub.com/home/er.

https://foodrevolution.org/blog/eating-the-rainbow-health-benefits/。2024年6月27日アクセス。

https://www.midlandhealth.org/Uploads/Public/Images/Slideshows/Banners/6%20Pillars%20-%20LMC.jpg 。2024年6月27日アクセス。

Mahmood SS, Levy D, Vasan RS, Wang TJ. フラミンガム心臓研究と心血管疾患の疫学：歴史的展望Lancet. 2014 Mar 15;383(9921):999-1008. doi: 10.1016/S0140-6736(13)61752-3. Epub 2013 Sep 29. pmid: 24084292; pmcid: pmc4159698.

O'Donnell MJ Chin SL Rangarajan S et al. 32カ国における急性脳卒中に関連する修正可能な危険因子の世界的および地域的影響（INTERSTROKE）：症例対照研究。Lancet. 2016; 388: 761-765.

Orlich MJ, Singh PN, Sabaté J, et al. アドベンティスト健康研究におけるベジタリアンの食事パターンと死亡率2. JAMA Intern Med. 2013;173(13):1230-1238. doi:10.1001/jamainternmed.2013.6473.

Ornish D, Scherwitz LW, Billings JH, et al. 冠動脈性心疾患の回復のための集中的な生活習慣の変更。JAMA. 1998;280(23):2001-2007. doi:10.1001/jama.280.23.2001

フィリピン生活習慣病大学。Lifestyle Medicine Competency Course 2023。https://www.pclm-inc.org/lifestyle-medicine-competency-course-overview.html。

糖尿病予防プログラム（DPP）研究グループ；糖尿病予防プログラム（DPP）：生活習慣介入の説明。糖尿病ケア 1 2002年12月；25（12）：2165-2171. https://doi.org/10.2337/diacare.25.12.2165

Uribarri J, Woodruff S, Goodman S, Cai W, Chen X, Pyzik R, Yong A, Striker GE, Vlassara H. 食品中の高度糖化最終生成物と食事中のその低減のための実践的ガイド。J Am Diet Assoc. 2010 Jun;110(6):911-16.e12. doi: 10.1016/j.jada.2010.03.018. pmid: 20497781; pmcid: pmc3704564.

世界保健機関（WHO）。プライマリ・ケアにおける5Aと5Rの簡潔なタバコ介入を実施するためのツールキット。2014. https://www.who.int/publications/i/item/9789241506946.

Yeh BI, Kong ID. 生活習慣病の出現。J Lifestyle Med. 2013 Mar;3(1):1-8. Epub 2013年3月31日. pmid: 26064831; pmcid: pmc4390753.

Yusuf, S et al. 52ヵ国における心筋梗塞に関連する潜在的に修正可能な危険因子の影響（INTERHEART研究）：症例対照研究。2004年9月3日
http://image.thelancet.com/extras/04art8001web.pdf。

著者について

ローデシア

ローデシアはフィリピン人医師、作家、画家、元医学生化学教授、詩人である。医師として20年近く救急救命室に勤務している間、彼女の執筆活動は後回しになっていた。その後、カレッジ・オブ・メディシンの設立に秘書として、また医学生化学の助教授として貢献した。COVID-19のパンデミック時には、民間企業で検査、隔離、症例管理プロトコルの開発と実施に携わった。彼女は主任医師として、妊婦と新生児をコロナウイルスから守るための分娩施設を復活させた。現在は2児の母として献身的に働きながら、執筆活動への情熱を再燃させ、遠隔コンサルティングを通じて人々の幸福に貢献している。フィリピン生活習慣病学会とフィリピン高血圧学会の会員であり、フィリピン学術生化学者協会の会員でもある。

www.ingramcontent.com/pod-product-compliance
Lightning Source LLC
LaVergne TN
LVHW041545070526
838199LV00046B/1837